LES

OLYMPIENNES

DE

BENAZET.

Il n'est point de roses sans épines.

MONTAUBAN,

IMP. DE FORESTIÉ NEVEU ET Cᵒ, PLACE DE L'HORLOGE, 36.

1856.

LES

OLYMPIENNES.

———

A M. LE MARQUIS DE PÉRIGNON.

Votre père, marquis, est un de ces mortels
A qui l'ancienne Rome élevait des autels.
    Du jour où sa valeur guerrière
    Conquit la palme de Figuière,
Il fut cher à la France , et l'arbitre des rois,
    Napoléon, que l'univers admire,
      Le fit, pour prix de ses exploits,
    Grand dignitaire de l'empire.

    C'est ainsi que sous le drapeau
    D'Austerlitz et de Marengo,
    Pérignon se couvrit de gloire.
Il n'est plus!.. et sa mort vous plonge dans le deuil;
    Mais si son corps est au cercueil,
Son âme est dans le ciel et son nom dans l'histoire.

    Vous qui possédez aujourd'hui
Sa modeste fortune et ses titres durables,
    Fils à la fois digne de lui
    Et du respect de vos semblables,
    Homme sensible à nos revers,
    Agréez l'offre de ces vers;

A votre père, à vous j'en consacre l'hommage ;
Il vécut en héros, et vous vivez en sage.

AUX ÉLECTEURS

DE L'ARRONDISSEMENT DE LECTOURE.

Vous allez, citoyens, élire un Député.
    Cette éminente dignité,
    Que l'ambition sollicite,
    Doit être, en ce jour d'équité,
    La récompense du mérite.
    Et qui plus que LA FERRONNAYS,
    Par le prestige qui l'entoure,
A droit de soutenir l'honneur, les intérêts
    Des fiers habitants de Lectoure?
Né d'un père immortel et d'illustres aïeux
    Que la France admire et révère,
    Il cherche la gloire comme eux,
    Et la sagesse qui l'éclaire
    Anime son cœur généreux.
Rêvant dès le berceau les lauriers de nos preux,
    Il courut, au bruit de la guerre,
    Grossir le nombre des soldats
    Que sur les Turcs, avec fracas,
    Lançait le Czar dans sa colère.
    Sous ce redoutable empereur,
    Les Balkans (1) virent son courage ;
Et sous LOUIS-PHILIPPE, au milieu du carnage,
La victoire d'Anvers couronna sa valeur.

A M. LE COMTE DE SALVANDY,
Ministre de l'instruction publique.

Mécène des Français, qu'environne l'éclat
    De la puissance et du génie ;

(1) Montagnes de la Turquie.

Mortel courageux au combat,
Eloquent à l'Académie
Et profond au Conseil-d'Etat :

Te souvient-il du jour où la ligue abhorrée
Des vainqueurs de NAPOLÉON,
Courbait la patrie éplorée
Sous le joug affreux d'Albion?
Bravant cette ligue étrangère,
Tu conjuras la France entière,
Veuve d'intrépides soldats,
D'acquitter les frais de la guerre
Par la vengeance ou le trépas.

Oh! que ta grande âme indignée
Aux yeux de l'Europe étonnée
Parut sublime en ce moment!
Ainsi que les héros d'HOMÈRE,
Tes premiers pas dans la carrière
Furent des marches de géant.

Des potentats souillés de crimes
Que ton élan frappait au cœur,
Prétendaient te joindre aux victimes
De leur implacable fureur;
Mais, pour la gloire du royaume,
Louis, à l'injustice opposant l'équité,
Fit voir qu'immoler un tel homme
Serait d'un nouvel astre éteindre la clarté.

Ah! pourquoi faut-il que le frère
De ce Roi dont tu fus l'appui,
Ait fermé l'œil à la lumière
Que tu semais autour de lui!
Guidé par ta haute sagesse,
L'infortuné, dans sa vieillesse,

Eût épargné, pour son bonheur,
Bien des troubles à sa patrie,
Bien des maux à sa dynastie,
Et bien des peines à son cœur.

A Mgr DE CHEVERUS,
Archevêque de Bordeaux.

Disciple du Sauveur, humble et doux comme lui,
De sa religion digne et puissant appui,
Ton troupeau t'est plus cher que les grandeurs humaines;
Seul, tu les fais connaître et frivoles et vaines.
Aussi, de la Gironde est-tu nommé Pasteur :
Ce haut rang est le prix des vertus de ton cœur;
Tu crois n'être élevé que pour le bien des autres,
Et tu vis parmi nous à l'égal des apôtres.
Tu t'es toujours montré l'ami des malheureux;
Tu les as secourus dans des temps désastreux
Qui plongèrent la France en un deuil déplorable,
La privant pour jamais d'un Monarque adorable;
Et malgré le péril qui menaçait tes jours,
Ta vaste charité ne borna point son cours.
Dans ce siècle pervers, en dépit de l'envie,
Tu prêchais de Jésus la doctrine et la vie.
Qui ne se sentirait touché par tes discours?
Qui pourrait se lasser de t'entendre toujours
Publier avec art la divine parole?
Heureux qui peut aller à ta sublime école
Apprendre à devenir et sage et vertueux,
Pour voler de la terre à la gloire des cieux !

A M. le Sous-Préfet de Lectoure.

Administrateur plein de zèle,
En qui les heureux Lectourois
Trouvent le soutien de leurs droits
Et les magistrats leur modèle;

Lettre de M. le ministre de l'Instruction publique à l'auteur.

MONSIEUR,

Je m'empresse de vous informer que je viens de mettre à votre disposition un secours littéraire de 300 fr., nonobstant la pénurie des fonds d'encouragement aux sciences et aux lettres sur lesquels est prélevé ce secours.

Je désire que vous trouviez dans cette faible allocation un témoignage particulier de mon estime pour votre talent, et une preuve du vif intérêt que m'inspire votre position et qu'appellent sur vous d'honorables recommandations.

Recevez, Monsieur, l'assurance de ma considération distinguée.

COMTE DE SALVANDY.

Paris, le 19 novembre 1845.

Réponse de l'auteur.

MONSIEUR LE COMTE,

Vous avez daigné m'accorder 300 fr. sur les fonds d'encouragement aux sciences et aux lettres. Ce secours a fermé l'abîme que la misère ouvrait sous mes pas. Je n'acquerrai jamais assez de gloire pour égaler la reconnaissance au bienfait ; mais je n'en ferai pas moins mes efforts pour mériter votre estime comme citoyen, et votre suffrage comme poète.

J'ai l'honneur d'être, avec le plus profond respect,
Monsieur le comte,
votre très-humble et très-dévoué serviteur,

OLYMPE BENAZET.

A MADAME

HERMANCE GOULARD,

DE MONTFORT.

———

Objet des célestes faveurs
Que le plus beau jour fit éclore,
Vous dont l'aspect charme les cœurs,
Et dont l'amitié les honore,
Hermance, lisez mes écrits ;
Et si leur sort vous intéresse,
Soyez pour moi ce que jadis
Fut pour le Tasse une princesse.

BENAZET.

Le vôtre est dans le cœur des mortels amoureux
    Qui jour et nuit suivent vos traces
    Pour obtenir un regard de vos yeux.

    A Gaillac, où les demoiselles
    Ont de nombreux adorateurs,
    Vous êtes la reine des belles,
Comme la rose est la reine des fleurs

    Si le parallèle vous touche,
    Jeune Mongis, objet divin,
    Après l'avoir entendu de ma bouche,
    Daignez l'accepter de ma main.

A MA BIEN-AIMÉE.

Pardonne, aimable Madeleine,
    Si, lundi soir, mes yeux distraits
    Te reconnurent avec peine
    Malgré l'éclat de tes attraits.
La nuit m'environnait de ses voiles funèbres ;
    Et tu sais fort bien que l'amour
    Ne peut voir clair dans les ténèbres
    Puisque il est aveugle en plein jour.

A Mlle **Hélène Borrel** (*de Puylaurens*).

La fille d'un seigneur puissant et renommé,
    La jeune et belle Rosalie,
    Cueillait des fleurs au mois de mai
    Pour orner l'autel de Marie.
    Des amoureux que le printemps
    Attirait alors vers les champs
    S'offrent tout-à-coup devant elle,
    Comme des chasseurs vigilants
    Devant la timide gazelle.
    Je laisse à penser sa frayeur.

Rassurez-vous, Mademoiselle,
Lui dit l'un d'eux avec douceur;
Nous venons en ce lieu champêtre
Vous rendre hommage et nous soumettre
A votre empire merveilleux
Qui séduirait le roi des cieux,
Si le roi des cieux pouvait l'être.
Recevez après lui notre encens et nos vœux.
La noble enfant que ce langage
Etonne et confond de nouveau,
Repousse à l'égal d'un outrage
De ses adorateurs le fastueux hommage;
Et, craignant le sort d'un agneau
Parmi ces loups du voisinage,
Les quitte en frémissant et retourne au château.
Là, déplorant son aventure,
Cette âme, aussi libre que pure,
Se jette aux pieds du Christ, implore son appui;
Baise mille fois son image;
Lui demande pardon d'avoir jusqu'aujourd'hui
Su plaire à tout autre que lui;
Abjure en sa faveur les projets de son âge;
Renonce pour toujours aux biens, à la grandeur,
A l'hymen, au luxe, au bonheur
Dont on la berçait au village;
Et, dans l'excès de sa douleur,
Flétrit l'éclat de son visage,
Pour que les pécheurs désormais
Songent à leur salut et non à ses attraits.

De sa carrière mémorable
Voilà, jeune Borrel, l'acte le plus saillant;
Toi qui n'est pas moins belle aux yeux d'un peuple aimable,
Garde-toi bien d'en faire autant:
Ce malheur inouï serait irréparable
Et le souvenir déchirant.

A Mlle **Fanny Despiau** (*d'Auch*).

Si j'étais un de ces pasteurs
Qui dirigent les consciences,
J'imposerais aux grands pécheurs
De rigoureuses pénitences.
Mais toi, dont les charmants attraits
M'inspirent une ardeur extrême,
Fanny, je te condamnerais
A m'aimer autant que je t'aime.

A Mlle **Irma Fénozière** (*de Villeneuve-d'Agen*).

Quand viendra le jour solennel
Où l'hymen, jeune Fénozière,
Doit t'unir à l'heureux mortel
Que la bonté divine accorde à ta prière?
Je l'ai rêvé, ce jour, dont l'éclat merveilleux
Du peuple qui t'admire éblouira les yeux;
J'ai vu le ciel s'ouvrir au moment où ton âme
Jurait d'être fidèle à l'objet de sa flamme;
J'ai vu les saints avec transport
Célébrer sur des lyres d'or
Ton triomphe et ta modestie,
Et les poètes ici-bas
Immortaliser tes appas
Dans des vers pleins de feu, de grâce et d'harmonie.
J'ai vu tes fortunés voisins
Donner des bals et des festins
En l'honneur de ton mariage,
Et les vierges des environs,
Au bruit des acclamations,
Semer des fleurs sur ton passage;
Oh! quand viendra le jour dont ce rêve enchanteur
Peint la félicité, la gloire et la splendeur!

2

A Mlle **Marie Juge** (*de Montech*).

Dans votre pays si vanté
Pour la raison et l'équité,
Nul n'est surpris, vierge modeste,
Qu'un jeune homme de qualité
Brûle pour vous d'un feu céleste :
Votre beauté, vos sentiments,
Vos grâces, votre intelligence
Séduiraient tous les descendants
Des illustres maisons de France.

A Mlle **Justine Campadieu** (*de Montech*).

Le bruit court, loin d'ici, qu'après votre hyménée
Vous allez, belle Campadieu,
Partir pour une autre contrée,
Et dire un éternel adieu
A la ville où vous êtes née.
Si telle était votre pensée,
Que de regrets ne causeriez-vous pas
A vos concitoyens jaloux de vos appas !

Priver les bords de la Garonne
De votre éclat éblouissant,
Serait d'une riche couronne
Oter le plus beau diamant.

Mlle **Anna Mondou** (*de Montauban*).

Le ciseau de David, le pinceau de Gérard
Devraient, pour la race future,
Reproduire chacun à part
Les traits charmants de sa figure ;
Car, si ses travaux de couture
Sont, comme on le prétend, des chefs-d'œuvre de l'art,
Elle en est un de la nature.

A Mlle **Emilie Flamand** (*de Montauban*).

Je voudrais dans des vers pompeux
Elever ton nom jusqu'aux cieux;
Mais d'Apollon, quoi que je fasse,
Jamais le flambeau ne me luit :
Et pour peindre avec art tes beaux yeux et ta grâce,
Il faudrait avoir ton esprit.

A Mlle **Félicie Rafine** (*de Montauban*).

La beauté, Félicie, autant que la raison
Vous a soumis des cœurs l'empire inébranlable ;
A l'église, au bal, au salon,
Partout vous êtes admirable ;
Et l'on vous cite avec fierté
Comme un modèle appréciable
De grâce et d'amabilité.

A Mlle **Marie Pinçon** (*de Montauban*).

Tout le monde t'admire, et ce n'est point sans cause;
Un éclat magnifique, un charme tout puissant
Font de toi la plus belle rose
Du parterre de Montauban.

A Mlle **Marie Flamens** (*de Castelsarrasin*).

Je songeais, une de ces nuits,
Qu'un chevalier de Saint-Louis
T'avait ravie à la province
Et conduite au Louvre, à Paris,
Pour y former l'âme d'un prince ;
Ton élévation à ce poste éminent
N'aurait, crois-moi, rien d'étonnant ;
Autrefois, aux Bouches-du-Rhône,

Sous un Corse, empereur et roi,
Les filles d'un marchand s'élevèrent au trône
Avec moins de vertus et moins d'esprit que toi.

Mlle **Bernardine** (*de Castelsarrasin*).

A la ville comme au village,
Bernardine depuis longtemps
Offre un étonnant assemblage
De qualités et d'agréments ;
Tout éblouit, tout charme en elle ;
Et le moindre de ses attraits
Ferait rechercher une belle
Et la rendrait fière à l'excès.

Mlle **Antoinette Germain** (*de Castelsarrasin*).

Une fille charmante,
Antoinette Germain,
Est la rose naissante
De Castelsarrasin ;
Déjà dans leur folie
Tous les lions du jour
Lorgnent d'un œil d'envie
Cette rose d'amour.

A Mlle **Marie Roques** (*de Gaillac*).

Adieu, je pars, vierge adorée,
Les yeux en pleurs, l'âme navrée,
De ne pouvoir loin de ces lieux
T'emporter dans mes bras, comme autrefois Enée
Emporta son père et ses dieux
Loin d'une terre infortunée.

Contraint par la nécessité
A fuir de tes regards le magique spectacle,

Je braverai l'adversité
Au souvenir de ta beauté
Comme au souvenir d'un miracle.

A une demoiselle du grand monde

(Canton de Lafrançaise).

Tristan est un soutien de la chevalerie.
    A la tête de ses soldats
    Chaque jour il vole aux combats
Pour conquérir la gloire au péril de sa vie ;
    Mais quand, au retour de la paix,
    Il viendra de la Kabylie
T'offrir en paladin le prix de ses hauts-faits,
    Avec quelle ivresse, ô Marie !
Ne donneras-tu pas et ta main et ton cœur
    A cet héroïque vengeur
    Du nom français en Algérie !
    C'est alors qu'il appréciera
    Le bonheur dont il jouira
    Dans les bras de sa chère amie,
    Et qu'enfin il reconnaîtra
Qu'on plaît à la beauté quand on sert la patrie.

A Mlle **Pauline Duraude** (*de Verdun*).

Je ne te louerai point, jeune et belle Duraude,
Toi qui de ton pays es l'amour et l'orgueil ;
Chacun de tes attraits exigerait une ode,
    Et pour moi l'ode est un écueil.

Mlle **Elisabeth Ullas** (*du Mas-Grenier*).

Elisabeth Ullas par sa beauté magique
    Et son caractère angélique
Charme les travailleurs dans son humble séjour,

Comme autrefois par sa présence
Une auguste fille de France
Charmait les oisifs à la cour.

A Mlle **Eulalie Imbert** (*de Cordes*).

Tu sortis du néant belle comme l'aurore,
Pour éblouir le monde et le charmer toujours;
  Et cependant ton nom n'est pas encore
Ecrit en lettres d'or par la main des amours;
    Mais il l'est par la main des anges,
    Ces messagers de l'Eternel,
    Dont les voix chantent tes louanges
    Autour de son trône immortel ;
    Il est béni par ta patronne
    Qui tresse la riche couronne
    Que Dieu réserve à tes vertus,
    Pour l'heureux jour où ta personne
Entrera triomphante au palais des élus.

    C'est ainsi, jeune enchanteresse,
    Que ta destinée intéresse
    Au plus haut point les bienheureux;
    Et que ton doux nom, qu'on oublie
    De célébrer dans cette vie,
    Est glorifié dans les cieux.

A Mlle **Marie Ducassé** (*de l'Isle-Jourdain*).

Jeune et belle Marie, à qui tout rend hommage,
Que n'ai-je du Très-Haut, dont vous êtes l'ouvrage,
    Les magnifiques attributs
    Pour graver au ciel votre image !
    J'y verrais de moins un nuage,
    Et le monde un astre de plus.

A Mlle **Eugénie Camel**, *institutrice,*
(*de Montauban*).

Tes vertus qu'on admire et qu'on vante à la fois,
Charmante maîtresse d'école,
Dans le palais du roi des rois
T'assurent des élus la palme et l'auréole.

C'est là, qu'auprès du Tout-Puissant,
Le bonheur suprême t'attend,
Jeune vierge, honneur de ta race ;
Mais pour le plaisir de nos yeux
Et des élèves de ta classe,
Songe que le plus tard ne sera que le mieux.

A Mlle **Apollonie Jacoby** (*de Toulouse*).

Votre sort, jeune Apollonie,
Rappelle le destin de la vierge Marie.
Sa majesté ravit le céleste séjour ;
Tout en vous enchante le nôtre ;
Les anges composent sa cour,
Et les amours forment la vôtre.

A Mme **Thérèse Gras** (*de Castelnau-Magnoac*),
Que ses admirateurs comparaient aux roses.

Entre vous et les fleurs, adorable Thérèse,
Il n'est point de comparaison ;
Et qui soutient une autre thèse
A plus d'esprit que de raison.
Les fleurs sont en butte aux outrages
Des chenilles, des escargots,
Des aquilons et des orages ;
Tandis que vos jours sans nuages
Ne sont jamais troublés par les clameurs des sots

Ni par de sinistres présages.
Des filles de Flore, en nos champs,
Le triomphe est de peu d'instants ;
Le vôtre a bien plus de durée.
Les fleurs ne brillent qu'au printemps,
Et vous brillez toute l'année.

Le beau et le bon.

Chez Manas (1), aubergiste et père de famille,
Le beau, le bon sont réunis.
On trouve le premier dans les traits de sa fille,
Et l'autre dans les mets que prépare son fils.

A Mlle Mélanie Escribe (*de Gaillac*),
Le lendemain de la distribution des prix.

Vous voilà couronnée, aimable Mélanie,
Aux applaudissements de la foule ravie !
  Que ces triomphes solennels
  Vous rendent chère aux immortels !
  Et qu'à Gaillac peu d'écolières
  Peuvent comme vous, tous les ans,
  De leurs vertus, de leurs lumières,
  Offrir le prix à leurs parents !
  Mais laissons là ces demoiselles,
  Et parlons de vous au lieu d'elles.

  Formée aux sciences, aux mœurs,
  Par d'ingénieux professeurs,
  Qui, sous l'œil vigilant des prêtres,
  Guident les esprits et les cœurs,
Vous avez étonné l'auditoire et vos maîtres
Comme Jésus au temple étonna les docteurs.

(1) De Castelnau-Magnoac.

A Mlle **Delphine Mathieu,** *de Montpezat (Gers),*

O vous qu'adore Montpezat,
Et que tout recherche à la ronde,
Comment pouvez-vous croire avoir trop peu d'éclat
Pour fixer les regards du monde,
Quand vos attraits et vos vertus
Sont, après le soleil, ce qui brille le plus!

Le pays de Fénélon.

Aux bords poétiques du Lot,
Pleins des souvenirs de Marot,
Fénélon reçut la naissance.
Ce prélat, par son éloquence,
Eclairait les humains sur leur fragilité,
Et donnait aux Bourbons des leçons de prudence
Dont ils n'ont jamais profité
Pour l'infortune de la France
Et celle de la royauté.
Sous le ciel de Cahors, témoin de son enfance,
Une vierge, un siècle après lui,
L'aimable Pauline Marty
Charme la foule qui l'encense;
Et, par son éclat naturel,
Atteste au monde, sans le croire,
Que dans son pays immortel
La beauté marche avec la gloire.
Heureux le fils d'un grand seigneur
A qui la fortune destine
Un Fénélon pour directeur,
Et pour compagne une Pauline!

A Mlle **Julie Plantié** (*d'Auch*).

Un jour, à travers un buisson,
Moïse, d'illustre mémoire,

Eut l'honneur suprême, dit-on,
De voir le Tout-Puissant environné de gloire.
Moins fortuné que cet Hébreu,
A travers tes rideaux, mortelle enchanteresse,
Je ne distingue pas un Dieu,
Mais je contemple une déesse.

IMPROMPTU

*A deux belles Dames de Marmande, que je rencontrai
dans une diligence, entre un joli garçon et un chien.*

Je trouve ma félicité
A contempler ici la vôtre;
Vous avez l'amour d'un côté
Et la fidélité de l'autre.

AUTRE

*A une jolie femme qui me demandait des vers
sur ses yeux.*

Je n'ai point le talent des chantres de Vénus,
Pour célébrer vos yeux que tout le monde admire;
Leur éclat en dit beaucoup plus
Que mon esprit ne peut en dire.

A Mlle **Junie Boudet** (*de Clairac*).

Un peuple d'amateurs, moins chrétien qu'idolâtre,
Parle de vous incessamment,
Et vous compare à Cléopâtre
Dont l'histoire intéresse tant.
De cette princesse immortelle
Vous avez la beauté, la grâce naturelle,
Mais non les sentiments que nous déplorons tous;
Marc-Antoine fut aimé d'elle;
César seul l'eût été de vous.

A Mlle **Nelly** (*de Clairac*).

Un jour, aux pieds de l'Eternel,
Nelly, tu seras appelée ;
Mais dans son palais immortel
Tu ne paraîtras que voilée.
Si ton front y brillait de toute sa splendeur,
Sais-tu l'effroyable malheur
Qu'au ciel coûterait ta conquête ?
Tes yeux tout-puissants sur les cœurs,
Troubleraient des élus la paix et les douceurs,
Et leur feraient perdre la tête
Comme ils la font perdre aux pécheurs.

A Mlle **Augustine L.....** (*de Toulouse*).

Fille du Ciel qui fuis sans cesse
L'amour qui s'attache à tes pas,
Et qui doutes de ma tendresse
Aussi bien que de tes appas,
Faut-il, par un aveu sincère,
Te prouver, Augustine, à quel point tu m'es chère !
Ecoute : Un misérable avait dans un écrit
Flétri mes sentiments et glacé mon esprit ;
Surpris de son audace et sensible à l'offense,
J'implorais comme un furieux
Ou le trépas ou la vengeance,
Et ni l'un ni l'autre, grands Dieux !
Ne venaient exaucer mes vœux.
Dans cette affreuse circonstance
Tes yeux virent ma honte et mon adversité ;
Vierge consolatrice en des temps de souffrance,
Qui n'envirait l'utilité
Et l'agrément de ta présence !
Un seul mot de ta bouche apaisa ma douleur ;

L'amour dont les regards embrasèrent mon cœur
    Eteignit ma haine profonde ;
    Et je crois enfin aujourd'hui
    Que mon salut dans l'autre monde
    Dépend de toi dans celui-ci.

A Mlle **Almaïde Cantaloup** (*de Lectoure*).

Au nom du Dieu qui t'enflamme et me guide,
    Souffre, séduisante Almaïde,
Que des filles du peuple, objets de mon encens,
Mon cœur, pour te louer, passe aux filles des grands.

    Eh ! quel portrait aux yeux des sages,
    Tes plus ardents admirateurs,
    Fut jamais plus riche en images,
    Et plus brillant pour les couleurs !
    Quelle femme, aimable et jolie,
    Eut plus de goût pour l'harmonie,
    Plus de pompe dans ses atours,
    Plus de ferveur dans ses prières,
    Plus de grâce dans ses manières,
    Et plus d'esprit dans ses discours !

    Lorsque ta voix mélodieuse
    Chante la gloire et les vertus
    De cette reine bienheureuse
    Qui préside au sort des élus,
    Les fidèles se réjouissent ;
    Le prêtre au ciel lève ses mains,
    Comme si l'ange de lumière
    T'embrasait alors tout entière
    Du feu sacré des Séraphins.

Puissant ami du beau, considère les traits,
La grâce, la mise élégante
De nos dames à qui tu plais ;
Et si tu chéris leurs attraits,
Protège Olympe qui les chante.

Le Dieu qui te fit naître et qui veut ton bonheur,
Mit, pour l'utilité commune,
Dans ta tête l'esprit, dans ton âme l'honneur,
Et dans ta maison la fortune.

A Mlle Églantine Claverie (de Clairac).

Ton nom, belle Eglantine, est celui d'une fleur
Depuis longtemps chère à mon cœur.
Aux Jeux-Floraux, si j'ai bonne mémoire,
Tous les ans l'églantine illustre un troubadour ;
Elle est le tribut de la gloire,
Comme toi l'espoir de l'amour.

A Mlle Louise Bordes (d'Albi).

Vous êtes la plus séduisante
Des Nymphes du Tarn, que je chante ;
Et si de vos attraits les amateurs jaloux
Elevaient des temples aux belles,
Le maître-autel serait pour vous,
Et pour les autres les chapelles.

A Mlle Amélie Chadirac (de Bordeaux),
Sur son retour à Villeneuve-sur-Lot après une longue absence.

Villeneuve plus que jamais,
Gentille bordelaise, admire tes attraits :
Cesse donc de te croire une femme ordinaire ;
Et songe sans étonnement
Que de nos beautés la plus fière
S'éclipse devant toi, comme le vers luisant
Devant le Dieu de la lumière.

A Mlle **Irma Laporte** (*de l'Isle-Jourdain*),
Le lendemain d'un bal.

Il est des gens, Mademoiselle,
Qui pèchent par excès de zèle.
Alphonse n'avait pas besoin
D'éclairer la salle de danse ;
Il eût pu s'épargner ce soin
S'il eût songé, dans cette circonstance,
Que les bals où vous figurez,
Par vos brillants appas sont assez éclairés.

A Mlle **Jenny Serres** (*de Gimont*).

Vous allez donc incessamment
Partir pour Auch qui vous réclame,
Et présenter en arrivant
Vos hommages à Notre-Dame.
Tous les chrétiens qui lui sont chers
Pourront voir alors, je l'espère,
Dans le plus beau temple du Gers
La plus belle femme en prière.

A Mlle **Rose Mongis** (*de Gaillac*).

Pour cueillir en ce jour une palme nouvelle
Ma Muse, au souffle d'Apollon,
Ose établir un parallèle
Entre vous et la fleur dont vous portez le nom.

Lorsque tout brillant de parure
Le printemps sourit aux humains,
La rose embellit les jardins,
Et vous enchantez la nature.

Son trône est sur l'autel des dieux
Et sur la couronne des Grâces ;